HENRY MOREAU ET R. PARAULT

Un Mari

Somnambule

VAUDEVILLE EN UN ACTE

Représenté pour la première fois à Paris,
au Théâtre-Concert La Fauvette (direction Ernest Pacra)
Le Vendredi 1er Février 1901

Joué au Théâtre des Fantaisies Saint-Martin (direction Favart)
Le Samedi 30 Mars 1901

2 H.   2 F.

PARIS

JOUBERT, Éditeur, 25, rue d'Hauteville.

Répertoire de la Société Lyrique.

Tous droits de reproduction, de traduction et de représentation réservés pour tous pays.

C. JOUBERT, Successeur

ÉDITEUR DE MUSIQUE

PARIS. — 25, Rue d'Hauteville, 25. — PARIS

RÉPERTOIRE

DES OUVRAGES DE CONCERT EN UN ACTE

ABRÉVIATIONS : D. Veut dire du répertoire de la Société Dramatique, 8, rue Hippolyte Lebas. — Le surplus appartient au répertoire de la Société Lyrique, 10, rue Chaptal.

LOC. Veut dire : La musique n'est qu'en location et ne se vend pas.

Opérettes et Vaudevilles de Concert

AUTEURS	TITRES DES ŒUVRES	Hommes	Femm	Prix nets
Saint-Maurice	Abricot (L') d	troupe	»	loc.
D. Campisiano	Absalon	2	1	6 »
Vallès-Garnier	Affaire Cœurdeveau (L')	5	1	loc.
F. Bernicat	Agence Rabourdin (L')	1	1	5 »
Japy	A huitaine	troupe	»	5 »
C. Roland	Aiguilleur (L') d	1	1	loc.
Bessière-Ruffier	Ami Vandière (L) d	7	6	loc.
G. Street	Amour en livrée (L')	3	1	loc.
Desormes	Amour et l'appétit (L')	1	1	4 »
Vallès-Garnier	Amour et sauvetage	3	2	loc.
A. Petit	Amoureux d'Yvonne (Les) d	5	3	loc.
V. Roger	Amour Quinze-Vingt (L')	3	1	4 »
Bottin, Boulay-Layrice	Amours d'un piston (Les)	3	2	loc.
Desormes	Antoine et Cléopâtre d	2	1	4 »
Bessier-Moreau	Aphrodites (Les) d	4	8	loc.
Dorfeuil-Moreau	Après la vie de Bohême d	troupe	»	loc.
J. Emmecé	À qui le gosse ?	troupe	»	loc.
Monnery-Marien	Argot tel qu'on le parle (L)	5	3	loc.
M. Chautagne	Arracheuse de dents (L')	2	1	4 »
Dourel, Roydel, Monjardin	Artistes pour rire d	6	4	loc.
Géraldy	Ascension du Mont-Blanc (L')	1	1	4 »
L. Martin-Duhem	Auberge du Tambour battant (L')	2	2	loc.
Oudot-de Gorsse	Au Chat qui pelote d	troupe	»	loc.
Banès	Au Coq huppé	3	2	5 »
Uzès	Au soleil d'or d	3	2	6 »
Lebreton-Moreau	Au temps des cerises d	5	3	loc.
Guérineau	Auteur par amour	1	2	5 »
Lebreton-Moreau	Autour d'une guérite d	3	2	loc.
Henry Moreau	Avant le bal	1	1	3 »
Colonge, Garofalo, Combrel	Baba Bouzouck d	5	6	loc.
Deransart	Baigneur et nageuse	1	1	3 »
Antigeon, Dourel-Roydel	Baigneuses de Cocotteville (Les)	5	9	loc.
Lesserre	Barbe-Bleue	1	»	2 »
Rascée-Tranchant	Bataillon Desroches (Le) d	10	10	loc.
Antigeon-Desplan	Battage (Le)	2	1	loc.
A. Moyne	Béguin d	2	1	loc.
Lebreton-St-Paul	Belle-mère est sans pitié (La)	2	2	loc.
Moreau-Touzé	Belle-mère, nouveau jeu	1	3	loc.
Wachs	Bibi ou l'Enfant de l'Amour	1	1	4 »
Cellier-Joullot	Boudoir discret d	2	1	loc.
Moreau-Gramet	Bougnol et Bougnol	4	2	loc.
Villebichot	Boum ! Servez chaud	3	2	4 »
Hubans	Brelan de bègues	2	1	5 »
F. Bernicat	Cadets de Gascogne	troupe		7 »
Banès	Cadiguette (La)	1	1	5 »
Javelot	Calino amoureux	1	1	3 »
Chevalet-Audray	Canne d'un grand homme (La) d	2	2	loc.
Lebreton-Moreau	Ça porte bonheur	5	3	loc.
V. Herpin	Capricorne (Le)	troupe	»	loc.
F. Barbier	Carmagnole (La)	3	3	5 »
Lebreton-Moreau	Carnaval conjugal (Le) d	9	9	loc.
Antigeon-Desplan	Cascadin et Cie	6	5	loc.
Chaland, Colonge Tranchant	Ce pauvre Bobinet	2	1	loc.
E. Soudant	Ces canailles de couturières ! d	6	6	loc.
Chelu	Chambre à louer	1	1	2 »
Cuvillier	Chambre à part d	4	2	loc.
Henry Moreau	Chambre de bonne d	3	1	loc.
V. Roger	Chanson des Écus (La)	3	1	4 »
P. Henrion	Chanteuse par amour (La) d	»	1	6 »
E. André	Chaos (Le)	1	1	4 »
Moreau-Boucherat	Chasse royale d	troupe	»	loc.
Lebreton-Moreau	Chasseurs Alpins (Les) d	6	6	loc.
Cieutat	Chaste Suzanne (La) d	troupe	»	4 »
Yvel	Chéri des Dames	troupe		loc.
Dourel, Roydel, E. René	Chevalier Tric-Trac (Le)	2	8	loc.
Dourel-Roydel	Chez la Costumière d	troupe	»	loc.
Meynard	Chez le dentiste	3	1	8 »
Lhuillier	Chez les Corniquet	1	»	1 »
C. Rosenquest	Chicard et Béhé	1	1	4 »
Bomier	Chien et Chat d	4	1	5 »
Boulay-Layrice	Choc en retour d	2	2	loc.
Moreau-Gramet	Cinq contre un	3	3	loc.
Villebichot	Cirque Ponger's (Le)	troupe	»	6 »
Bessière	Clou (Le) d	2	2	loc.
L. Collin	Coco Bel-Œil	3	1	6 »
A. Petit	Cocotte et chiffonnier	1	1	5 »
Villemer Delormel et Péricaud	Colosse de Rhodes (Le)	3	»	4 »
A. Petit	Confections pour dames	2	4	5 »
Lebreton-Moreau	Conscrits bretons (Les) d	7	5	3 »
L. Collin	Conscrit tyrolien (Le)	1	1	3 »
E. Brasseur	Constat d'adultère	6	3	loc.
Habrekorn et P. Marc	Contes de Piron (Les)	2	10	loc.
Lebreton-Moreau	Contrôleur des Wagons-Bars (Le)	5	3	loc.
Lebreton-Moreau	Cote et Cocottes	4	4	3 »
De Roze et d'Arsay	Culotte du marié (scène) (La)	1	»	1 »
Lebreton-Moreau	Dans cent ans d	troupe	»	loc.
Sourilas	Dégrafée d	3	3	5 »
Cellier-Gramet	Demoiselles Plumemboy (Les)	3	4	loc.
Marc Sonal-Pierre Laurey	Départ du régiment (Le) d	5	10	loc.
L. Lefèvre	Dernier verre (Le)	2	1	4 »
F. Barbier	Deux amours de chandeliers	1	1	5 »
F. Matz	Deux avares (Les) d	2	1	8 »
Ch. Hubans	Deux coqs vivaient en paix	2	1	6 »
F. Gracia	Deux estafiers (Les)	2	»	2 »
Vallès-Garnier	Deux femmes de M. Grochose (Les)	3	2	loc.
M. Chautagne	Deux muses (Les)	2	»	4 »
F. Barbier	Deux parfaits notaires (Les)	2	»	4 »
Hervé-Lecocq	Deux portières pour un cordon d	3	»	4 »
Moreau-Boucherat	Diable au Moulin (Le)	4	8	loc.
Gramet-Talber	Doigt coupé (Le)	troupe	»	loc.
Léon Laroche	Domestique pour rire (Un)	1	1	4 »
Saint-Maurice	Doubles Vierges (Les) d	troupe	»	loc.
Sourilas	Drapeau jaune (Le) d	4	2	4 »
Bouvet-Sevry	Dupont et Dupont	4	9	loc.
Bottin, Boulay-Layrice	Duriflard	5	2	loc.
J. Domerc	École buissonnière (L')	3	»	3 »
Yver-Septmons	Eh ! Ohé ! Ladrupette ! d	2	»	loc.
Trebla-Croisier	Elle ! d	4	1	loc.
Éd. Lhuillier	Elle débute ce soir	1	1	4 »
Delaruelle	El senor Pitlardino	1	1	6 »
Marsay	En colonne d	troupe	»	loc.
Lebreton-Moreau	Enfant des halles (L') d	3	2	loc.
Jallais Hubans	Enlèvement des Sabines (L')	troupe	»	loc.
Guillemaud-de Marsas	Enfants d'Édouard (Les) d	2	3	loc
Lebreton-Duroc	Enragés d	4	4	loc.
Villebichot	Entre deux jardins	1	1	4

HENRY MOREAU & R. PARAULT

UN MARI SOMNAMBULE

VAUDEVILLE EN UN ACTE

DISTRIBUTION

2 H — 2 F.

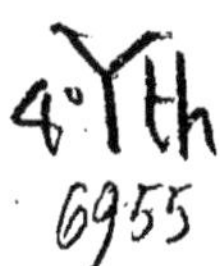

HENRY MOREAU ET R. PARAULT

Un Mari Somnambule

VAUDEVILLE EN UN ACTE

Représenté pour la première fois à Paris,
au Théâtre-Concert La Fauvette (direction Ernest Pacra)
Le Vendredi 1ᵉʳ Février 1901
Joué au Théâtre des Fantaisies Saint-Martin (direction Favart)
Le Samedi 30 Mars 1901

2 H.   2 F.

PARIS
JOUBERT, Éditeur, 25, rue d'Hauteville.

Répertoire de la Société Lyrique.

RÉPERTOIRE HENRY MOREAU

Pièces en un Acte

Chez M. JOUBERT, Éditeur, 25, rue d'Hauteville, 25, PARIS

A LA SOCIÉTÉ DRAMATIQUE			A LA SOCIÉTÉ LYRIQUE		
Agence PELLERIN, 8, rue Hippolyte-Lebas.)			Agence SOUCHON, 10, rue Chaptal).		
Chambre de bonne	2 h.	3 f.	Passe-moi ta femme !	3 h.	3 f.
Partie de Campagne	8 —	9 —	L'escalier de service	3 —	2 —
Les deux Mômes	6 —	5 —	Professeur de chant	1 —	1 —
Les femmes qui fument	7 —	7 —	Avant le Bal	1 —	1 —
La villa des gaffes	6 —	6 —	Une mauvaise nuit. avec H. DARSAY	2 —	2 —
La Mouche du Coche	4 —	2 —	Le spiritisme des familles	4 —	4 —
Une nuit de Paris … avec C. DORFEUIL	10 —	8 —	Les Carottiers	4 —	3 —
Après la vie de Bohême	8 —	6 —	30.000 francs par an	2 —	2 —
Paris aux Courses	10 —	8 —	Les gaîtés du Bastion	5 —	3 —
Le Nez de Cyrano	6 —	8 —	Le Ménage Poire	2 —	2 —
La Môme aux Camélias avec F. BESSIER	6 —	8 —	La Pension Carabin	5 —	4 —
Les Aphrodites	4 —	8 —	Nos petites Chattes… avec A. GRAMET	3 —	3 —
Miss Million	6 —	8 —	Ma colonelle !	2 —	2 —
Chasse Royale… avec H. BOUCHERAT	5 —	9 —	Cinq contre un	4 —	3 —
L'Enfant des Halles. avec B. LEBRETON	3 —	2 —	Bougnol et Bougnol	4 —	2 —
Autour d'une guérite	3 —	2 —	La famille Nitouche	3 —	4 —
Trio de troupiers	5 —	2 —	Un dragon pour deux	3 —	2 —
Les farces du printemps	5 —	3 —	A l'Étrier d'or	3 —	3 —
Les Volontaires de 92	4 —	2 —	Gai ! gai ! mariez-vous !	4 —	3 —
Friquet	7 —	5 —	La grève des facteurs Avec M. MARCUS	2 —	2 —
Les Chasseurs alpins	6 —	6 —	Tranquil' Hôtel… avec DUROC	5 —	3 —
Les Treize jours d'un Parisien…	8 —	6 —	Les maris jaloux	5 —	2 —
Les Amoureux d'Yvonne	4 —	2 —	Le Diable au moulin. avec BOUCHERAT	6 —	8 —
Miss Kissmy…	5 —	3 —	Le Médjidié	2 —	2 —
Au Temps des Cerises	5 —	3 —	Le petit Don Juan	6 —	6 —
La Petite Colonelle	7 —	3 —	Soldat !… avec B. LEBRETON	5 —	5 —
Nos Voisins	6 —	6 —	Les petits Zouzous	8 —	8 —
Dans cent ans	11 —	11 —	Le Contrôleur des wagons-Bars..	5 —	3 —
Carnaval conjugal	9 —	9 —	Ça porte bonheur	5 —	3 —
La Fille du Marin	8 —	7 —	Fils de gouape	4 —	4 —
Les Trois Maçons	4 —	2 —	Ménage d'artistes	6 —	6 —
L'Héritière des Carapatlas	8 —	8 —	Un mauvais Conscrit	1 —	1 —
Les Jocrisses du mariage	6 —	6 —	Les Noces d'or	1 —	2 —
Les Conscrits bretons	7 —	5 —	Cotes et Cocottes	4 —	4 —
Monsieur Sans-Gêne	6 —	6 —	La Vocation d'Isoline	1 —	2 —
Le 13ᵉ Spahis	8 —	9 —	Le Frère de lait	1 —	2 —
Les Petites Ménichon	8 —	10 —	Nourrices et Troubades	4 —	4 —
Le Fils à Papa	4 —	6 —	Mimi Vadrouille.. avec SOUDANT	9 —	10 —
Les Vierges du Chahut	5 —	10 —	Les Francs-Tireurs de la Mort.—	9 —	10 —
La Petite Baronne	6 —	9 —	Permission de la nuit	6 —	4 —
Le Signe de Léda	8 —	8 —	Un mari somnambule avec M. PARAULT	2 —	2 —
			Va peigner la girafe… avec PACRA	4 —	2 —

Dramatique : 41 PIÈCES | *Lyrique :* 42 PIÈCES

TOUS LES VENDREDIS paraît le *Nouveau Journal*
Organe officiel des Artistes Lyriques et des Chansonniers.
Huitième année. — Fondé en 1894.

Directeur : HENRY MOREAU
Rédacteur en Chef : JACQUES FEROL
Paris, 30, Boulevard du Temple, 30, Paris.
Un An : **10 Fr.** — Le Numéro : **20 Centimes.**

Henry MOREAU et R. PARAULT

UN MARI SOMNAMBULE

VAUDEVILLE EN UN ACTE

PERSONNAGES & DISTRIBUTION

	A la Fauvette.	Aux Fantaisies St-Martin.
ROULBOSSE, cocher de fiacre, 40 ans. . . .	MM. Mulleroy.	MM. Désir.
RIPOLIN, peintre en bâtiments, 35 ans . . .	Claris.	Deville.
ZOÉ, blanchisseuse, 25 ans.	Mmes Ch. Martens.	Mmes Daives.
HENRIETTE, couturière, 20 ans	Liéna.	Lucette.

Une salle à manger chez Ripolin. — Au milieu, table ronde en acajou recouverte d'une toile cirée banale. Chaises et Buffet acajou. — A gauche, une armoire ou une porte figurant une armoire. — Au fond, porte donnant sur le palier. — A droite, 2e plan, porte d'un cabinet noir ou fenêtre avec des grands rideaux. Au premier plan porte de la chambre à coucher. — C'est le soir, une bougie est allumée sur la cheminée.

SCÈNE PREMIÈRE

Ripolin, *puis* Zoé.

Ripolin, *seul, montrant des signes d'impatience.*

Nom de nom ! sept heures et Zoé n'arrive pas.. .Elle sait pourtant bien que ma femme rentre de son atelier à sept heures un quart... N'aurait-elle pas reçu ma lettre ?.. Si j'avais su je serais allé chez le bistro m'enfiler une mominette .. cré ! nom de nom ! ce qu'elle m'en fait faire un poireau !... *(On entend frapper à la porte du fond. Prêtant l'oreille.)* Hein ! on a frappé, je crois ?., *(On entend frapper de nouveau.)* Oui, c'est sûrement elle. *(Il va à la porte du fond et l'ouvre. A Zoé, entrant.)* Ah ! enfin ! je commençais à désespérer ! *(Ils s'embrassent au-dessus de la table).*

Zoé

Ah ! mon cher Ernest, j'ai vu le moment où j'allais être empêchée de venir.

Ripolin, *inquiet.*

Ton mari, peut-être ?..

Zoé, *descendant.*

Non, Roulbosse m'a fait dire qu'il ne rentrerait qu'à deux heures du matin ; un client a retenu sa voiture pour aller en soirée.

Ripolin

Mais alors, ma Zoé adorée, ce serait le moment de profiter de l'absence de ton collignon de mari...

Zoé

Dis donc, Ernest, un cocher vaut bien un peintre en bâtiment, c'pas ?...

Ripolin

J'ai jamais dit le contraire.

Zoé

Alors, n'appelle plus mon époux Collignon ; je veux pas que tu le bêches !

Ripolin

Je ne le bêcherai plus, puisque cela te contrarie ; d'ailleurs, Roulbosse est mon meilleur ami, c'est plus qu'un copain, c'est un frère !

Zoé

Çà n'empêche pas que depuis six mois tu veux le faire cocu !

Ripolin

C'est vrai, mais j'ai une excuse, Zoé, t'es tellement bath !.. Si tu savais dans quelle impatience j'étais tout-à-l'heure en t'attendant ; j'étais dans un état ! Ah ! si tu avais pu voir les battements de mon cœur et de mon cerveau ! Tout battait en moi !...

Zoé

Je t'ai fait attendre parce qu'au moment de fermer la boutique un clia est venu se faire repasser une chemise.

RIPOLIN

Il fallait lui dire de repasser à ce coco là ! Enfin, te voilà, ma belle blanchisseuse, c'est le principal !

ZOÉ

Tu m'as écrit que tu avais quelque chose d'important à me dire ! Qu'est-ce que c'est ?

RIPOLIN

Tu le demandes, ô Zoé ! Mais je veux te répéter ce que je te dis depuis six mois : Je te gobe ! Je te veux ! Nous avons, ce soir, quelques heures devant nous, si on en profitait pour lâcher l'amour platonique ?

ZOÉ

Ta femme ne sera pas là, ce soir ?

RIPOLIN

Non, c'est la veille du Mardi-Gras, il faut qu'elle retourne à son atelier, y a de l'ouvrage pressé. Dis donc, si tu veux, Zoé, je connais un petit hôtel pas loin d'ici.

ZOÉ

Ah ! non, mon vieux, je marche pas pour l'hôtel ; d'ailleurs, c'est pas la peine de faire les frais d'une chambre, je suis pas encore décidée à tromper Théodore.

RIPOLIN

Je saurai bien te décider, femme vertueuse et catapultueuse. Alors, c'est ici que l'on se bécottera ; au fait, tu as raison, il n'y a pas de danger ; Henriette ne rentrera pas avant minuit et dès onze heures, nous lèverons la séance.

Zoé, elle remonte.

Il est sept heures un quart, je reviendrai vers huit heures et demie.

Ripolin, s'approchant de la fenêtre.

C'est ça, et pour que tu ne montes qu'à coup sûr, je passerai la bougie trois fois devant la fenêtre ; ce signal, que tu verras de la rue, voudra dire que je suis bien seul.

Zoé, écoutant.

Tiens, écoute donc... on a marché tout près de la porte.

RIPOLIN

Les pas s'éloignent... on entre à côté... C'est quelqu'un qui va au : « Vas faire causette »

ZOÉ

C'est peut-être un voisin qui a écouté notre conversation.

RIPOLIN

Elle n'était pas bien intéressante. (*La prenant dans ses bras.*) Celle de ce soir. Zoé, le sera davantage ! Zoé, ce qu'on va rigoler ! Mais maintenant sauve toi avant qu'Henriette n'arrive pour dîner.

ZOÉ

Dis donc, tu me garderas du dessert, hein ?

RIPOLIN

Sois tranquille, tu ne voudrais pas que ton petit peintre en bâtiment te fasse danser devant le buffet ! A tout-à-l'heure ma Zoé bien-aimée !

ZOÉ

A tout-à-l'heure, mon Ripolin adoré ! (*Elle sort par le fond*).

SCÈNE II

Ripolin *puis* Roulbosse.

RIPOLIN, *seul, se frottant les mains.*

C'est égal, si Roulbosse, son mari, savait ce qui va se passer, avec moi, son copain !.. Mais, c'est pas de ma faute, c'est de la sienne ; pourquoi a-t-il une femme aussi gironde !.. Ah !.. voilà ma femme ! (*On entend frapper à la porte du fond*) Mais non, ou frappe !.. Entrez. (*Roulbosse entre en costume de cocher*).

RIPOLIN

Tiens ! c'est l'ami Roulbosse ! (*A part*) Que peut-il me vouloir ?

ROULBOSSE

Oui, mon vieux Ripolin, c'est moi. . (*A part*) Je me suis caché au N° 100 et ma femme ne m'a pas vu. (*Ils se serrent la main ; haut*) Figure-toi que pour rendre service à un ami qui croit être cocu (*à part*) l'ami c'est moi (*Haut*) j'ai suivi sa femme.

RIPOLIN

La femme de ton copain ?

ROULBOSSE

Oui, ma vieille, et elle m'a justement conduit dans la rue ; alors j'en ai profité pour monter jusque chez toi, te serrer la main. (*A part*) Et pour les écouter derrière la porte, mais je n'ai pas bien entendu.

RIPOLIN

Çà c'est gentil... Et comment çà va-t-il, ma vieille, ta femme va bien ? Et les affaires ?

ROULBOSSE

Les affaires ! Ah ! m'en parle pas. c'est dégoûtant ! Maintenant c'est plus nous qui faisons grève, c'est les clients ! Je suis dans une purée !... pas seulement de quoi s'en payer une chez le troquet... (*Se rapprochant de Ripolin*) Dis-donc, mon cher Ripolin, entre nous, sans rien dire aux ménagères, t'aurais pas cent sous à me prêter, toi qui gagnes vingt-deux sous de l'heure ?

RIPOLIN

Encore !... c'est épatant ce que tu deviens tapeur !

ROULBOSSE

T'as peur que je ne te les rende pas !...ça ne ferait jamais que vingt-cinq balles que je te dois... Ne t'inquiète pas, je te les rendrai... Tiens, à la fin du mois, je te promets au moins trente sous d'acompte.

RIPOLIN, *fouillant dans sa poche.*

Allons, voilà une thune, je n'ai rien à te refuser. *(Il lui donne une pièce ; chantant, à part)* « Pour avoir la femme »...

ROULBOSSE

Ah ! merci, Ripolin, t'es t'un frère... *(A part)* C'est toujours autant de pris sur l'ennemi ! *(Haut)* Maintenant excuse-moi, faut que je me cavale.

RIPOLIN

Tu rentres chez toi ?

ROULBOSSE

Non, je vais au dépôt prendre mon sapin et mon canasson et de là je vais chercher un bourgeois aux Batignolles. *(Avec intention)* Je ne rentrerai qu'à trois heures du matin... à trois heures du matin...

RIPOLIN

Ah ! tant mieux !

ROULBOSSE

Pourquoi, tant mieux ?.

RIPOLIN

Parce que tu vas gagner de la galette, mon vieux frère !

ROULBOSSE, *à part.*

Sale jésuite, va ! *(Haut)* A la revoyure, mon poteau... bonsoir à ton épouse.

RIPOLIN

Je n'y manquerai pas ! *(Roulbosse sort par le fond).*

SCÈNE III

Ripolin, *puis* Henriette.

RIPOLIN, *seul.*

Eh ! ben, nous en avons une veine... il s'en est peu fallu qu'il ne rencontrât sa femme dans l'escalier... *(Regardant la pendule)* Bon dieu de bon dieu ! voilà qu'il est huit heures et je ne me suis pas encore occupé du dîner. Qu'est-ce que je vais prendre comme apéritif quand ma femme va rentrer ! Il faut que j'aille vite allumer le feu ! *(Henriette entre par le fond.)* Ah ! c'est toi, Henriette, tu es en avance, je crois?

HENRIETTE, *elle porte une robe dans une toile noire ; elle pose le paquet sur la table.*

Je suis en retard, au contraire ! Le dîner est-il prêt ?

RIPOLIN

Pas tout à fait...j'allais dans la cuisine allumer le feu...

HENRIETTE

Comment, le feu n'est pas allumé ?... Ah ! çà tu te fiches de moi ! Depuis une heure que tu dois être rentré, tu n'as pas trouvé le temps d'allumer le feu, ni de mettre le couvert !

RIPOLIN

J'allais le mettre lorsque tu es entrée... tu vois, j'ai déjà posé un couteau sur la table...

HENRIETTE

Tu mens, il y est resté depuis le déjeuner. Ah ! on a bien raison de dire que la sueur d'un peintre çà coûte cher le kilog ! Mais dis-moi donc ce que tu as fait depuis que tu es sorti de ton atelier ; tu es encore allé faire une manille chez le troquet du coin ?

RIPOLIN

Eh ! bien, j'ai... j'ai graissé ma bicyclette ; je veux la monter demain...

HENRIETTE

Ça ne m'étonne pas !... pour toi, tout est là ! graisser et monter ta bicyclette... mais ta femme, elle peut se taper n'est-ce pas ? elle passe en second. *(Elle a ouvert le paquet et montre une robe à ramages, très excentrique).*

RIPOLIN

A qui qu' c'est, ce carnaval-là ?... c'est une robe pour se déguiser demain.

HENRIETTE

Pas du tout ! C'est une toilette à Madame Adélaïde Chamoisy, la somnambule du dessus. *(Elle a déplié la robe et est allée la pendre dans une armoire à gauche).*

RIPOLIN

Tu ne la lui portes pas ce soir ?

HENRIETTE

Ma foi non ! j'ai juste le temps de dîner ; tu sais bien qu'il faut que je retourne à l'atelier !... Si tu mettais le couvert, au lieu de me regarder comme une gourde ! Tiens, tu n'es bon qu'à bouffer mon pognon ! Je commence à en avoir assez ; je ne veux plus que l'argent que je gagne serve à payer tes plaisirs et tes maîtresses !...

RIPOLIN

Moi, j'ai des maîtresses !...

HENRIETTE

Oui, tu as des maîtresses, c'est la fruitière qui me l'a dit ! Il paraît que l'on t'a vu avec une rouquine !..

RIPOLIN

Une rouquine !... Ah ! ça, tu m'embêtes à la fin ! Si j'ai été la voir tant mieux ! Et je te défends de t'occuper de mes affaires...

HENRIETTE

Eh ! bien, moi, je te forcerai bien à t'occuper des miennes... Parfaitement ! je demanderai le divorce !

RIPOLIN

Ah ! quelle veine !... le divorce, mais je ne demande que ça !...

HENRIETTE

Ah ! tu ne demandes que ça? Alors, je ne demanderai pas !

RIPOLIN, *à part.*

Zut ! je viens de perdre une belle occasion de me taire !

HENRIETTE

Non, non, je ne le demanderai pas, je veux conserver le droit de te surveiller et si jamais je te prends sur... sur le fait, je t'éborgne avec mes ciseaux ?

RIPOLIN

Ah !... t'es rien moche, quand tu te mets en colère !

HENRIETTE. *criant.*

Ne m'exaspère pas ou je te fiche une assiette par la tête, sale type ! feignant ! grand lâche !

RIPOLIN

Oh ! non, tu gueules trop, bonsoir ! *(Il sort vivement)* A tout à l'heure, quand ta crise sera passée !...

HENRIETTE, *appelant.*

Ernest ! Ernest !

RIPOLIN, *du dehors.*

Ah ! la jambe.

SCÈNE IV

Henriette, *puis* Roulbosse.

HENRIETTE, *seule.*

Ah ! la rosse ! il va aller se consoler avec une absinthe !... ah ! quelle existence, quelle existence! c'est tous les jours la même chose, à cause de ma jalousie ! Le monstre ! il doit avoir des maîtresses ! ah ! si je pouvais seulement le prendre à même !... Je consulterais bien madame Chamoisy, la som-

nambule du dessus... Si je montais chez elle... mais non... j'y crois pas aux somnambules... J'aurais dû le suivre... il est peut être allé chez sa maîtresse... je vais essayer de le rattrapper. c'est encore le meilleur moyen de savoir.. Ah ! le voilà qui revient *(On entend frapper à la porte du fond)* Non, ce n'est pas lui, il ne frapperait pas... Entrez.

HENRIETTE

Tiens, m'sieu Roulbosse !

ROULBOSSE, *simulant l'ivresse ; il a son fouet à la main.*

Bonjour, mon vieux copain, bon... bonsoir...

HENRIETTE

Comment, mon vieux copain ! *(A part)* Il a encore bu un coup ce poivrot là !...

ROULBOSSE. *se frottant les yeux.*

Tiens, c'est Henriette ! Comment qué tu te portes, ma vieille? *Il veut l'embrasser, elle se défend)* Ben quoi, des chichis, des manières... je te boufferai pas le blair va !...

HENRIETTE

Assez.. Mais où allez-vous donc, dans cet état-là ?

ROULBOSSE, *titubant.*

Ah ! je sais pas trop où je vais, mais je sais bien d'où je viens *(Il pose son fouet dans un coin près de la porte du cabinet noir.)*

HENRIETTE

Parbleu! de chez le mastroquet !

ROULBOSSE

Dis donc, ma vieille branche, laisse moi dormir quarante-huit heures, seulement, avec toi !

HENRIETTE

Avec moi !...

ROULBOSSE

Enfin, à côté, quêque part, ailleurs ou n'importe où.*(Il se cramponne après la table et vient s'asseoir à la chaise de gauche.)* Ah ! je vais donc pouvoir roupiller. *(A part)* Je ne sais pas si mon truc va réussir.

HENRIETTE. *à part.*

Comment il s'endort. *(Le secouant par le bras)* Théodore ! Théodore !

ROULBOSSE, *se frottant les yeux.*

Oui, je te dis que je dors !

HENRIETTE

Vous ne pouvez pas rester là, j'ai besoin de sortir.

ROULBOSSE

Non, non, le besoin ne se fait pas sentir.

HENRIETTE

Mais, relevez-vous donc, ou je vous traîne sur le palier.

ROULBOSSE

Merci, j'en ai toujours du papier.

HENRIETTE, *à part.*

Il est ivre-mort !... (*Haut*) Théodore ! Théodore !

ROULBOSSE, *sans bouger.*

Hon !... hon !...

HENRIETTE, *le secoue, le soulève et lui crie à l'oreille.*

Encore une fois, je veux sortir, entendez-vous ! ah ! puis flûte ! qu'il reste ! ce sera plus simple... je n'ai pas de temps à perdre... il dormira sûrement encore quand je reviendrai. Pourvu que je rattrappe mon mari, maintenant. (*Elle sort par le fond*) Je vais aller voir chez son troquet. Ah ! le chameau ! le chameau !

SCÈNE V

Roulbosse, *seul, se relevant.*

Allons ! allons ! mon truc était bon ! Ah, maintenant je suis dans la place. c'est le principal...Je vais d'abord me déguiser, cela facilitera mes petits projets... chez une couturière, ce doit être facile, voyons dans ce placard... (*Il en retire la robe qu'Henriette a pendue et il la met*) Tiens, tiens ! cette robe est épatante, si elle pouvait m'aller... mais oui, pas mal... maintenant un chapeau... voilà mon affaire... (*Il retire le chapeau du placard, le pose sur sa tête et se regarde dans une glace*) Oh ! là, là ! c'te tête, c'te binette ! je suis sûr que mon cheval lui-même ne me reconnaîtrait pas. Ah ! si j'avais seulement un peu de plâtre !... (*Il cherche dans le placard*) Juste, en voilà ! il y a aussi du rouge... est-elle coquette cette Henriette !... (*Il retire une boîte de poudre de riz, un bâton de rouge et se maquille*) Là ! maintenant, le signal convenu entre Ripolin et ma femme !... (*Il passe trois fois la bougie devant la fenêtre*) C'est utile d'écouter aux portes. (*Il vient s'asseoir près de la table*).

SCÈNE VI

Roulbosse, Zoé.

ROULBOSSE, *on entend fredonner Zoé au dehors.*

Voilà ma femme ! (*Il souffle la bougie, NUIT*) Ce que ça lui presse !...

Zoé, *entrant, à part.*

Tiens, il a soufflé la bougie... (*Appelant*) Ernest ! Ernest ! (*A part*) Comment, il n'est pas là !.. j'ai pourtant vu passer la bougie trois fois devant la fenêtre... Ah ! j'y suis !.. il doit être dans la chambre à coucher... (*Elle va à la porte latérale de droite 1ᵉʳ plan en tâtonnant, elle l'ouvre et appelle*) Ernest ! Ernest !

ROULBOSSE, *à part.*

On voit bien qu'elle est de la maison, elle la connaît dans tous les coins.

Zoé. *refermant la porte.*

Mais non, il n'est pas là non plus !... ah ! c'est trop fort !.. (*Appelant*) Ernest ! Ernest ! tu dois me faire une blague... (*Roulbosse fait entendre un éternuement formidable*) Mon Dieu ! qu'est-ce que c'est que ça ? oh ! que j'ai peur ! Ernest ! dis-moi que c'est toi !.. (*Elle recule en s'appuyant à la table, puis vient tomber sur les genoux de Roulbosse qui la retient dans ses bras*) Ah ! au secours ! lâchez-moi ! lâchez-moi !..

ROULBOSSE. *déguisant sa voix.*

N'ayez pas peur, ma petite dame, ce n'est pas une pauvre somnambule comme moi, qui vous fera du mal !

Zoé, *se dégageant.*

Comment, vous êtes la somnambule ? (*A part*) Etourdie ! j'ai monté un étage de trop ! (*Haut*) madame, excusez-moi, je me suis trompée d'étage, et...

ROULBOSSE. *la retenant.*

Ne vous en allez pas encore ; vous êtes très bien ici et il faut que je vous dise la bonne aventure.

Zoé, *se débattant.*

Non, madame, laissez-moi partir, je vous répète que je me suis trompée d'étage...

ROULBOSSE, *la lâchant, mais restant assis.*

Voyons, vous ne me quitterez pas sans avoir éprouvé mon talent, je serais trop vexée !..

Zoé

Votre talent ! mais je n'y crois pas !..

ROULBOSSE

C'est un tort .. et tenez, pour vous donner une idée de ma capacité, je vous dirai, malgré l'obscurité, que vous avez les yeux et les cheveux... (*Couleurs selon l'artiste*).

Zoé

C'est vrai, madame, mais c'est sans doute le hasard !

ROULBOSSE

J'ajouterai, pour vous convaincre, que vous avez un grain de beauté remarquable entre les deux épaules.

Zoé, à part.

Ah ! c'est trop fort ! elle voit donc clair à travers ma robe !

ROULBOSSE.

J'irai même plus loin... vous avez un autre grain de beauté, le correspondant, entre les deux...

Zoé, vivement.

Non, non, pas plus loin !

ROULBOSSE

Vous le voyez, ma petite dame, je sais tout, je sens tout, et je vois tout !..

Zoé, se détournant avec un geste pudique, à part.

Oh ! elle voit tout ! (Se retournant vers Roulbosse) Alors, madame, je vais avoir recours à vos lumières.

ROULBOSSE

A votre service ; seulement, madame doit penser que pour mon petit commerce...

Zoé, portant la main à sa poche.

Oui, oui, compris. Tenez, voilà vingt sous (Elle lui donne une pièce).

ROULBOSSE, recevant la pièce, après avoir tendu la main en tâtonnant.

Merci bien ; mais si madame voulait aller jusqu'à quarante sous, on irait du grand jeu, ça serait plus bath !...

Zoé

Deux francs, c'est bien cher !

ROULBOSSE

C'est pour rien, madame, au prix qu'est l'absinthe !

Zoé, lui donnant une nouvelle pièce, à part.

Quel langage ! (Haut) Allons, je me décide... que voyez-vous dans ma vie ?.... voyons, parlez vite...

ROULBOSSE

Attendez ! attendez ! et le courant magnétique... donnez-moi vos mains... (Il lui prend les mains et les tire alternativement à lui de façon à secouer Zoé fortement) Hein ! voyez-vous la force du fluide ?

Zoé

Non, non, je ne vois rien, mais je sens que vous me démolissez ! oh ! aïe ! oh ! aïe !

ROULBOSSE, secouant plus fort.

Prenez patience, ça va se passer ! Là ! ça y est !... Maintenant le rideau de votre existence se lève devant mes yeux.

Zoé

Eh ! bien, parlez donc !

ROULBOSSE

D'abord, vous vous appelez Zoé et vous êtes mariée à un brave homme de cocher du nom de Roulbosse.

Zoé

C'est vrai ! Est-ce que mon mari me trompe ?

ROULBOSSE

Lui ! il n'y pense même pas !

Zoé

L'imbécile !

ROULBOSSE, sursautant, à part.

Si ce n'est pas à dégoûter d'être honnête !

Zoé

Qu'avez-vous donc à vous trémousser comme ça ?

ROULBOSSE, redevenant immobile.

Rien, rien, c'est le courant magnétique qui me passe dans le front (Il simule des cornes avec ses doigts) Je vous disais donc que votre mari ne songe pas à vous tromper, mais en revanche, vous lui en faites porter une belle paire !

Zoé, riant.

Oh ! oh ! en êtes-vous bien sûre ? (A part) Le fait est qu'elles sont plantées les cornes à Théodore, mais elles ne sont pas encore poussées !

ROULBOSSE

A tel point que je vous dirai même que c'est avec un nommé Ripolin qui habite l'étage au-dessous.

Zoé, à part.

C'est épatant tout de même ! et moi qui ne croyais pas aux somnambules !

ROULBOSSE

Et ce Ripolin ne se contente pas de tromper sa femme, il trompe sa maîtresse ! (A part) Eh ! allez-donc, c'est pas mon frère !...

Zoé

Comment, Ernest me trompe !

ROULBOSSE

Et avec une négresse, encore !

Zoé

Avec une négresse! Ah! le cochon. Ce que je vais le plaquer!

Roulbosse

Vous aurez rudement raison, c'est un sale type. Croyez-moi, ma petite dame, ne trompez plus votre mari, c'est un si brave homme !

Zoé

Ne plus le tromper, c'est pas possible, je m'ennuierais trop ! Il y a justement le pharmacien d'en face qui commence à me taper dans l'œil, c'est lui que je prendrai comme amant !

Roulbosse, *avec force.*

Un potard ! ah ! non ! alors, ce n'est pas la peine de changer !

Zoé

Qu'est-ce que ça peut bien vous faire, à vous ?

Roulbosse, *calme.*

C'est vrai ! c'est vrai ! ça m'est égal ! (*A part*) Ah ! la coquine ! s'il n'y a pas de quoi tomber dessus !

Zoé

Et mon mari a-t-il des doutes sur moi ?

Roulbosse.

Ah ! le pauvre cher homme, il a en vous une confiance absolue.

Zoé

Ça ne m'étonne pas, il est si gourde !

Roulbosse, *sursautant, à part.*

Ah ! faut que je lui fasse bouffer un marron ! (*Il lui donne un grand coup de poing sur l'épaule*).

Zoé

Oh ! aïe, aïe ! que me faites-vous donc encore ?

Roulbosse, *lui reprenant les mains.*

Rien, rien, mais vous avez tellement de culot... non de courant que ça me porte sur le système !

Zoé, *se dégageant.*

Allons, je sais tout ce que je désirais savoir.... au revoir, madame, je vous enverrai mes amies ; surtout de la discrétion, à cause de mon mari !

Roulbosse, *se levant.*

Ah ! madame, votre mari ne saura jamais rien, il est si gourde !

Zoé, *à part.*

Ah ! qu'est-ce que je vais passer à Ernest !... Ah ! tu me trompes avec une négresse !... (*Elle sort en faisant de grands gestes et en se heurtant de tous côtés*).

SCÈNE VII

Roulbosse, *puis* Ripolin.

Roulbosse, *seul.*

Eh ! bien, j'en apprends de belles sur le compte de ma femme, moi ! je ne l'ai pas encore détachée de Ripolin, qu'elle se cramponne déjà après le pharmacien. Ous qu'est la camoufle .. il fait noir ici comme dans un four. Encore quelqu'un... Cette fois, ça doit être Ripolin... attention !...

Ripolin, *entrant.*

Pas de lumière... ma femme n'est plus là... Elle sera partie au restaurant et de là rentrera à son atelier... Moi, je viens de faire un bon petit dîner ; quand ma femme gueule, je file chez le bistro, c'est ma méthode et elle a du bon... Voyons, où est la bougie ? (*Tout en cherchant, il se cogne contre Roulbosse*).

Roulbosse, *le saisissant à la gorge et prenant une voix de femme.*

Ah ! misérable, je t'y prends à t'introduire nuitamment dans mon appartement !...

Ripolin, *se dégageant.*

Comment, une femme chez moi !... Qui êtes-vous et que faites-vous ici ?

Roulbosse

Et vous, qui êtes-vous et que faites-vous céans ?

Ripolin

Mais, je suis chez moi !

Roulbosse

Et moi aussi ! (*Ils se disputent à tâtons*).

Ripolin

Ah ! elle est raide celle-là ! Madame, vous avez une audace extraordinaire, mais çà ne prend pas... vous n'êtes qu'une voleuse, aussi je vous enferme et je cours chez le commissaire de police. (*Il va vers la porte du fond*).

Roulbosse, *à part.*

Sapristi, voilà que çà se gâte ! (*Haut*) Attendez, Monsieur, vous savez, quand je suis dans mon sommeil magnétique, il m'arrive quelquefois de me tromper de porte et même d'étage !

Ripolin, *revenant à Roulbosse.*

Dans votre sommeil magnétique ! Vous êtes donc la somnambule de l'étage au-dessus !

Roulbosse

Mais oui, Monsieur, pour vous servir.

Ripolin

Oh ! là ! là ! vos services, quelle blague !

Roulbosse

Si on peut dire !

Ripolin

Allez vous en, j'attends quelqu'un.

Roulbosse

Je le sais bien.

Ripolin

Quoi, que savez-vous ?

Roulbosse

Que votre femme est retournée à son atelier et que vous attendez votre maîtresse.

Ripolin

Ma maîtresse ! Je n'ai pas de maîtresse.

Roulbosse

Je ne suis pas somnambule pour rien... vous avez une maîtresse, c'est la femme de votre copain Roulbosse, la belle blanchisseuse Zoé, une femme épatante !

Ripolin

Mais, vous avez donc réellement la double vue ?

Roulbosse

Si j'ai la double-vue !... mais il m'arrive même quelquefois de voir plus que double, je vois triple ! (*A part*) Quand je suis pochard.

Ripolin

Alors vous pourriez me dire...

Roulbosse

Tout ce que Monsieur voudra... pourvu naturellement que Monsieur éclaire...

Ripolin

C'est vrai, j'en ai oublié d'allumer la bougie !...

Roulbosse, *vivement.*

Non, non, n'allumez pas ! je sortirais aussitôt de mon sommeil, je voulais simplement dire à Monsieur de ne pas oublier mon petit commerce.

Ripolin

Oui, suffit... tenez, voici deux francs ! (*Il lui remet une pièce*).

Roulbosse

Oh ! Monsieur se fendra bien de cent sous... pour le grand jeu !

Ripolin

Diable ! vous êtes exigeante ! (*Il lui remet encore de l'argent*).

Roulbosse, *frappant sur sa poche, à part.*

Deux et cinq, ça fait sept balles en une heure ! je gagne plus ici que sur le siège ! (*Haut*) Vos mains, Monsieur, pour la communication des fluides. (*Il lui prend les mains et les serre fortement*).

Ripolin, *à part.*

Non, mais c'est pas des mains qu'elle a cette femme là, c'est des pattes ! Oh !... là, là ! quelle poigne ! (*Haut*) Mais, Madame, vous me faites mal !

Roulbosse, *à part.*

Je m'en doute bien, canaille ! (*Haut*) C'est le fluide... attendez, tirez fort sur vous...

Ripolin, *après un silence.*

Eh ! bien, j'attends... je tire...

Roulbosse

Moi aussi, je tire !... (*Il lâche brusquement les mains et Ripolin tombe en arrière*).

Ripolin

Nom de nom ! ce que c'est bête ! j'ai failli me casser les reins !

Roulbosse

C'est le fluide ! reprenons la séance. (*Ripolin se relève ; Roulbosse lui reprend les mains*) Vous attendez votre maîtresse, qui n'a guère l'air de s'en douter... je la vois qui fait de l'œil au pharmacien d'en face.

Ripolin

Hein ! elle fait de l'œil au pharmacien ?

Roulbosse

Au point qu'elle en fait loucher un ver solitaire dans son bocal !

Ripolin

Ah ! la coquine ! elle songe à me tromper ! (*A part*) C'est donc pour cela qu'elle me résiste depuis six mois !

Roulbosse

Comment, elle songe ! mais elle vous trompe depuis trois mois !

Ripolin, *violemment.*

Avec qui ? avec qui ? que j'écrive une lettre anonyme à son mari et qu'il tue mon rival !

Roulbosse

Son mari, il s'en fiche pas mal !

Ripolin

Ah ! la tourte ! l'idiot ! la moule ! (*A ce moment Roulbosse lui donne des gifles*) Eh ! la vieille ! la vieille ! retirez donc votre fluide, il m'assomme ! Ah ! bon Dieu ! quelle danse !

ROULBOSSE

Ce n'est rien, c'est le fluide ! (*Il le gifle*) C'est le fluide !

RIPOLIN

Assez de fluide comme ça, j'en vois plus clair !.. Avec qui Zoé me trompe-t-elle ?...

ROULBOSSE

Ce n'est pas avec un homme que...

RIPOLIN

Comment, ce n'est pas avec un homme !... Ah ! la...

ROULBOSSE

Ce n'est pas avec un homme que votre vengeance peut atteindre.

RIPOLIN

Pourquoi cela ?

ROULBOSSE

Il est mort de la semaine dernière.

RIPOLIN

Ah ! la gredine ! et elle cherche déjà à s'emparer du pharmacien ! Ah ! ce que je vais te la balancer !

ROULBOSSE, *à part.*

Crac ! ça y est pour le coup !

RIPOLIN

Mais sur ma femme, qu'avez-vous à m'apprendre ?

ROULBOSSE

Votre femme est un ange !

RIPOLIN

Non, c'est une rosse ! je la connais bien ! Allons, la vieille, rentrez chez vous... attendez que je vous éclaire...

ROULBOSSE

Non, non, ce n'est pas la peine, je vois bien la porte. (*Il va ouvrir la porte du fond.*) Bonsoir, monsieur, bien du plaisir avec votre maîtresse. (*Il ferme la porte avec force, mais sans sortir, puis se cache dans le cabinet noir, au fond à droite, ou derrière le rideau*). Cachons-nous dans ce cabinet noir.

RIPOLIN, *se croyant seul, cherche les allumettes.*

Non, mais je crois qu'elle se fiche de moi cette vieille cigogne-là ! Pourtant elle m'a assez prouvé sa lucidité pour que je croie à toutes ses révélations. C'est une bonne somnambule !

ROULBOSSE, *à part.*

Je te crois, Benoît !...

RIPOLIN

Il ne s'agit plus maintenant que de plaquer Zoé...

ROULBOSSE, *à part.*

Tu feras bien, Sébastien !

RIPOLIN

Rallumons vite la bougie et recommençons le signal !... (*Il rallume la bougie ; jour*).

ROULBOSSE, *à part.*

Bon, voilà encore qu'il rallume la bougie ! Est-ce qu'il voudrait me la faire tenir, pendant que ma femme sera là ? (*Ripolin passe la bougie trois fois devant la fenêtre et fait des gestes d'appel en agitant les bras circulairement*).

RIPOLIN

Je ne peux pas tolérer ça plus longtemps !...

ROULBOSSE, *à part.*

C'est juste, Auguste !...

RIPOLIN

Ah ! cela ne sera pas long !

ROULBOSSE, *à part.*

T'as raison, Timoléon ! (*On entend Zoé fredonner dans la coulisse* Nom d'une pelle à crottin ! voilà ma moitié ! (*Il se cache*).

SCÈNE VIII

LES MÊMES, ZOÉ.

ZOÉ

Eh ! bien, quand tu auras fini de te démancher ?...

RIPOLIN, *surpris.*

Enfin, te v'là Zoé ! Tu vois, je t'appelais...

ZOÉ, *sévère.*

Ce n'était pas la peine ! Monsieur, vous êtes un misérable ! vous m'avez indignement trompée !...

RIPOLIN

Madame, vous êtes une coureuse ! vous m'avez indignement trahi !..

ZOÉ

Et avec une négresse ! c'est dégoûtant ! c'est ignoble !...

RIPOLIN

Et vous avec un homme qui n'est plus en vie ! c'est dégoûtant ! c'est abominable !

ZOÉ, *remontant au fond.*

Adieu, monsieur ! (*A part*) Si la somnambule m'avait trompée tout de même !..

RIPOLIN, *la suivant.*

Adieu, madame ! (*A part*) Si cette vieille sorcière m'avait menti tout de même !..

Zoé, *se retournant.*

Ernest !

RIPOLIN

Zoé !

Zoé

Si tu me jurais que...

RIPOLIN

Si tu me faisais le serment que. .

Zoé

Je le fais le serment que...

RIPOLIN

Et moi je te jure que... (*Ils tombent dans les bras l'un de l'autre et s'embrassent. Roulbosse sort doucement de son cabinet noir.*) Mais viens donc goûter le dessert que je t'ai gardé .. (*Il l'entraîne vers la porte latérale*).

Zoé

Oh ! tu m'en as gardé beaucoup du dessert.

ROULBOSSE. *qui a pris son fouet. leur en donnant des coups sur les mollets.*

Le voilà le dessert, le voilà.

Zoé, *poussant des cris et s'élançant par la chambre.*

Ah ! une femme ! la sorcière !.. mais non, c'est mon mari, je suis perdue !..

RIPOLIN

Roulbosse ! Roulbosse ici !

ROULBOSSE, *les poursuivant.*

Ah ! c'est comme ça que vous vous en payez des tranches !

RIPOLIN

Roulbosse, écoute donc ! Oh ! là, là ! Roulbosse oh ! là, là ! tu m'as coupé une jambe !..

ROULBOSSE

Attends un peu, je vas te couper l'autre ! (*A Zoé qui se sauve par la porte latérale*) Ah ! tu te sauves par la tangente, toi !.. (*Il disparaît à la suite de Zoé. Poursuite comique, trois ou quatre fois les 3 personnages passent et repassent en scène.*)

RIPOLIN

Au feu, au feu ! au secours.

Zoé, *rentrant.*

Théodore, assez ! grâce ! pitié !

ROULBOSSE, *s'arrêtant enfin.*

Là !... maintenant repos !... et expliquons-nous !

RIPOLIN

Enfin, que fais-tu ici, toi ?

ROULBOSSE, *brandissant son fouet.*

Tu ne t'es pas encore aperçu ?... Attends !..

RIPOLIN

Non, non, Roulbosse, mon ami, mon frère !.. Je te jure que nous sommes innocents !

Zoé

Oui, je te le jure !.. c'était du platonique !..

ROULBOSSE

Paraît que je suis arrivé à temps, alors !...

RIPOLIN

Ah ! dame ! il était moins cinq...

ROULBOSSE. *levant son fouet.*

Je te vas...

RIPOLIN

Te fâches pas ! .. puisque tu n'es pas cornard, ce n'est pas la peine de faire du scandale .. (*Bas à Roulbosse*) Chut ! chut ! voici ma femme ! Ne dis rien, et je te tiens quitte.

ROULBOSSE, *à part.*

Cinq louis je marche, je vais arranger tout ça...

SCÈNE IX

LES MÊMES, Henriette.

HENRIETTE, *entrant par le fond.*

Je n'ai pas retrouvé mon mari, c'est la faute à cet imbécile de Roulbosse.

ROULBOSSE, *s'avançant.*

Merci tout de même, madame Ripolin.

HENRIETTE

Oh mon cher ! qu'est-ce que c'est que cette vieille sauterelle-là.

RIPOLIN

Un mari déguisé en somnambule, une blague de carnaval.

Zoé

C'est demain le mardi-gras et nous venions Roulbosse et moi vous chercher pour aller au bal à Tivoli.

ROULBOSSE, *à part*.

Oh ! les femmes ! quelle astuce ! *(Haut)* Tout à la rigolade si Ripolin me promet de...

HENRIETTE

Quoi donc ?

RIPOLIN

Rien, rien... *(A Roulbosse)* Je ne recommencerai plus... *(Faisant le geste de donner des coups)* à cause du fluide !...

HENRIETTE

Quel fluide ?...

Zoé

Rien, rien ! c'est des histoires de somnambules ! N'en parlons plus et partons à Tivoli !

FINAL

AIR : *Quadrille à la préfecture*.

Zoé

Plus de disputes ridicules
Au bal il vaut mieux s'en aller

HENRIETTE

Avec un mari somnambule
Nous sommes sûrs de rigoler.

RIPOLIN

Allons, remuons les mandibules,
Dansons quelques chahuts nouveaux.

ROULBOSSE

Afin qu'au mari somnambule,
On accorde quelques bravos !
(Quadrille excentrique)

RIDEAU

Vannes. — Imprimerie LAFOLYE, 2, place des Lices. 4267-1900

AUTEURS	TITRES DES ŒUVRES	Hommes	Femmes	Prix nets
Lebreton-Duroc	Entresol d'Eugène d	4	6	loc.
Garnier-Vallès	Erreur de Bridouille (L'). ..	3	2	loc.
Banès	Escargot (L')..	2	3	6 »
A. Pajol	Esprits d'Argenteuil (Les)	5	2	loc.
D. Dihau	Éternel roman (L'). ...	1	1	4
Garnier-Vallès	Exploits de Malichard (Les)	6	4	loc.
L.Bouvet-Ch.Darantière	Extras de Balochard (Les). d	4	4	loc.
St-Paul-G. Rose, fils	Fais ça pour moi.	3	2	loc.
F. Beauvallet	Faites le jeu, Messieurs d	3	1	loc.
Moreau-Gramet	Famille Nitouche (La)	3	4	loc.
Lebreton-Moreau	Farces du Printemps (Les) d	6	4	loc.
St-Agnan Choler	Faut du prestige (vaud.) d ..	3	2	loc.
Lebreton-Duroc	Faut que j'casse la g. à Baptiste d	5	3	loc.
Flers	Femina d ..	troupe	»	loc.
Ch. Gabet	Femme de Valentino (Le) d..	2	2	loc.
F. Chaudoir	Fête à Claudine (La)	1	1	4 »
E. Duhem	Fête à M. le Maire (La). ...	5	2	4 »
Dorfeuil-Bouvet	Fiancé des Nourrices (Le) d	4	5	loc.
Javelot	Fiancés berrichons (Les) ..	1	1	3 »
Soulié	Fiancés du bonnet de coton (Les)	1	1	5 »
L. Vasseur	Fichue idée d.	2	1	5 »
Brigliano-Talber	Fichue situation d	4	4	loc.
Liouville	Fièvre phylloxérique (La) ..	3	2	4 »
Bertrié	Fille du charpentier (La). ..	3	1	5 »
Lebreton-Moreau	Fille du marin (la) d ..	8	7	loc.
Dourel, Roydel, E. Hervé	Filles de Corneville (Les)	4	7	loc.
Lebreton-Soudant	Filles de la Cantinière (Les) d	7	4	loc.
Lebreton-Moreau	Fils à Papa (Le) d	4	7	loc.
Chanlieu et Bataille	Fils de M. Alphonse (Le) (vaud.) d.	5	2	loc.
Duroc-Mailfait	Five O'Clock de la Baronne.	7	2	loc.
Villebichot	Fleuriste et typographe. ..	1	1	5 »
Lebreton-Talber	Foire aux nichons (La) d ..	7	7	loc.
Pradels-Quinel	Fosse aux ours (La). ...	4	4	loc.
Lemonnier	Françoise les bas bleus d..	troupe	»	loc.
Moreau-Soudant	Francs-tireurs de la mort (Les)	troupe		loc.
Lebreton-Beissier	Frangine (La) d	7	6	loc.
Lévy-Merset	Fantrognon d	8	11	loc.
Lebreton-Moreau	Frère de lait (Le)	1	2	4 »
Carin-Tomy	Friper's and Co d	5	9	loc.
Lebreton-Moreau	Friquet d	9	7	loc.
Cieutat	Furet (Le)	»	1	4 »
Moreau-Touzé	Gai gai mariez-vous ! .	4	3	loc.
Moreau-Darsay	Gaîtés du bastion (Les) ..	5	3	loc.
Seraine	Garde champêtre de Corneville (Le)	1	»	1 »
Lebreton-St-Paul	Gontran se marie.	3	2	loc.
Froyez-Colias	Grand Duc Moleskine (Le) d	6	6	loc.
Lefort	Grand papa de la chanson (Le) d	1	1	3 »
Lebreton-Blairat	Grenouille (La) d	4	2	loc.
Hervo-Merki	Grève des Boulangers (La) .	5	»	4 »
Moreau-Marcus	Grève des facteurs (La) ..	2	2	loc.
M.-Brisac	Guerre aux hommes (La) d	6	7	loc.
Lebreton-Nicolaïe	Gueule d'Or d	6	6	loc.
Lebreton-Moreau	Héritière des Carapattas (L') d	8	8	loc.
Villebichot	Hirondelles de la rue (Les).	»	2	3 »
Lebreton-Blairat	Homme pâle (L') d. ..	4	2	loc.
Lebreton-Duroc	Hôtel d'Artistes d	troupe	»	loc.
Lebreton-Duroc	Hôtel de Noblepanne d ..	4	4	loc.
Darantière et Bouvet	Hôtel du lac bleu (L') d .	7	6	loc.
Dourel-Roydel-Jost	Hôtel modèle d. ..	7	7	loc.
H. Barhé-de Téramond	Huissier des beaux jours (l').	3	2	loc.
Autigeon-Dourel	Hypnotiseur malgré lui (L') d	3	2	loc.
Moniot	Jacotte ..	1	1	5 »
Liger-Aubrun	J'ai perdu Virginie.	3	1	loc.
Nargeot	Jeanne, Jeannette et Jeanneton	2	3	8 »
Michiels	Jefque et Trinne.	1	1	4 »
Lebreton-Seudant	J'épouse ma bonne	5	4	loc.
A. Perronnet	Je reviens de Compiègne. ..	»	4	4 »
Yvel	Jeune homme du Tunnel (Le) d	3	3	loc.
Bernicat	Jeunesse de Béranger (La) .	3	1	6 »
Lebreton-Moreau	Jocrisses du mariage (Les) d.	troupe	»	loc.
B. Lebreton	Joies du divorce (Les) d ..	troupe	»	loc.
L. Collin	Journée aux soufflets (La) .	1	»	4 »
Fransois-Derys	Jules d.	1	1	loc
Herpin	Ki-Ki-Ri-Ki d.	troupe	»	loc.
Soudant	Lâchée.	5	1	loc.
Desormes	Leçon de musique (La) ..	1	1	4 »
J. Clérice	Léda d	troupe	»	loc.
A. de Lorde	Lettre (La) d	1	2	loc.
Cazaneuve	Loi du pal (La) d.	troupe	»	5 »
Herpin	Lune de Miel (La) d	troupe	»	loc.
L. Péricaud et Villemer	Lune de Miel normande. ..	1	1	1 »
Moreau-Gramet	Ma Colonelle.	2	2	loc.
Clairville fils	Madame la baronne d . ..	1	1	4 »
Wachs	Madame le docteur. ..	2	1	loc.
V. Roger	Mademoiselle Louloute. ..	2	2	5 »
Bessière-Marinier	Maire et Martyr d ..	3	2	loc.
Talexy	Maître Grelot. ..	4	1	7 »
Bouvet	Major Purjotin (Le). ..	4	3	loc.

AUTEURS	TITRES DES ŒUVRES	Hommes	Femmes	Prix nets
Moyne-Jacoulot	Mamzelle Claudinette d ..	3	2	loc.
Far Nemo-Celval	Mam'zelle Culot	troupe	»	loc.
De Lajarte	Mam'zelle Pénélope d ..	3	1	7 »
De Champclos-Jacquin	Mam'z'elle Phryné	3	1	loc.
Fransois	Mandat (Le) d	7	3	loc.
Joubaud	Mariages riches	1	1	3 »
Moniot	Marianne et Jeannot d ..	1	2	8 »
Tollet-Frot	Marié sans l'être.	4	»	3 »
Moreau-Duroc	Maris jaloux (Les)	5	2	loc.
Simiot	Mariés de Nanterre (Les)..	3	2	4 »
Beissier-Sciama	Mars et Vénus	3	2	loc.
Moreau Boucherat	Médjidié (Le)	3	1	loc.
Gresset-Bernard	Méfiez-vous d'Oscar d ...	3	2	loc.
E. André	Melon (Le) (monologue saynète)	1	»	2 »
Moreau-Darsay	Ménage Poire (Le)	2	2	loc.
Desormes	Menu de Georgette (Le). ..	3	2	8 »
Ch Gabet	Mérite des femmes (Le) d ..	4	4	loc.
Soudant-Moreau	Mimi Vadrouille	troupe	»	loc.
Lebreton-Moreau	Miss Kissmy d	5	5	loc.
Beissier	Miss Million d	troupe	»	loc.
Bessier-Moreau	Môme aux Camélias (La) d ..	troupe	»	loc.
Bessière-Ruffier	Môme aux grands yeux (La) d	8	6	loc.
Chassaigne	Monsieur Auguste d	1	1	3 »
Garnier-Vallès	Monsieur ma belle-mère. ..	2	3	loc.
Lebreton-Moreau	Monsieur Sans Gêne d ..	troupe	»	loc.
Blairat-Neuzillet	Mouche (La) d	5	7	loc.
Moreau-Touzé	Mouche du Coche (La). ..	4	2	loc.
Joly	Myope et presbyte d	1	1	4 »
Desormes	Nègre de la Porte St-Denis (Le)	3	3	3 »
Dorfeuil-Moreau	Nez de Cyrano (Le) d ...	troupe	»	loc.
E. Lhuillier	Nez enchanté (Le)	1	1	3 »
Lebreton-Blairat	Ninie la Rouquine d ...	5	3	loc.
Herpin	Noce à Grospoulot (La).. ..	5	7	loc.
F. Barbier	Noce à Suzon (La)	1	1	4 »
L. Collin	Noces d'or (Les)	2	1	5 »
Bouvet-Darantière	Nos bons touristes d ..	5	4	loc.
Lebreton-Beissier	Nos Marsouins en Chine d ..	7	4	loc.
Moreau-Gramet	Nos petites Chattes..	3	3	loc.
Dorfeuil-Guillemaud-Duharnois	Nos pioupious d	6	4	loc.
Lebreton-Moreau	Nos voisins d	6	6	loc.
V. Roger	Nourrice de Montfermeil (La)	2	3	6 »
Ch. Gabet	Nouvel Achille (Le) (vaud.) d	5	1	loc.
Touzé Prud'homme	Nuit de Noces de Beauflanchet	6	4	loc.
Jacobi	Nuit du 15 octobre (La) d ..	3	1	6 »
A. de Lorde	Old Nubian's Black !	1	2	loc.
Dédé fils	Oncle et Neveu..	3	»	3 »
Louis Bouvet	Oncle Maboulin (L')	4	4	loc.
Marc-Sonal-Gréhon	On demande des jolies femmes	6	11	loc.
Bessière-Ruffier	Ordonnance Bezuchet (L') ..	2	2	loc
St-Paul-G. Rose, fils	Ordonnance malgré lui. ..	3	2	loc.
Berthelot-Roland	Othello chez Thaïs d	4	10	loc.
Pacra Emmecé	Où est le père.	8	4	loc.
Dufils	Paille et la Poutre (La).. ..	»	2	6 »
Billemont	Pantalon de Casimir (Le).. ..	1	1	6 »
A. Petit	Par autorité de Justice d...	7	9	loc.
Dorfeuil-Moreau	Paris aux Courses d.	troupe	»	loc.
F. Barbier	Par la fenêtre.	1	1	4 »
Lambert-Lebreton	Par la Gymnastique d. ...	2	2	loc.
Henry Moreau	Partie de Campagne d ...	troupe	»	loc.
Ed. Lhuillier	Pasquinette.	1	1	3 »
Bénédite-Jaucourt	Le pays Vierge d..	8	4	loc
Moreau-Darsay	Pension Carabin (La)	5	4	loc.
Albert Lambert	Père Suroit (Le) d	3	1	loc.
Offenbach-Roques	Péri-Colle (Parodie de Périchole).	2	1	2 50
Perrault-Maty	Perruche de ma femme (La) d	4	3	loc.
Tréblat-St-Cyr	Personne (drame en 5 minutes)	2	1	1 »
Bouvet-Schmoll	Petit Assommoir (Le) d ..	6	6	loc.
L. Collin	Petit Spahi (Le).	3	3	5 »
Lebreton-Moreau	Petite baronne (La) d.. ..	6	9	loc.
Linas	P'tite bête vit encore (La) d.	1	1	4 »
Lebreton-Moreau	Petite colonelle (La) d. ..	7	3	loc.
id.	Petites Menichons (Les) d.	troupe	»	loc.
A. Petit	Petits lapins (Les) d ..	4	9	loc.
Maurey et Jimbu	Petits Trottins (Les) d ..	5	6	loc.
Lebreton-Moreau	Petits Zouzous (Les) ..	troupe	»	loc.
J. Clérice	Phrynette d	5	9	loc.
André	Picotin (Le).	1	2	loc.
Lebreton-Beissier	Piston de Clémentine (Le). ..	3	2	loc.
H. Alavoine	Plumechat et Cie d	4	6	loc.
F. Barbier	Points jaunes (Les)..	1	1	5 »
Desfossez-Piccolini	Pommes d'amour (Les) ...	6	4	loc.
Cinoh-Verdellet	Pompier d'Endoume (Le) ..	troupe	»	loc.
Gresset-Bernard-Letorey	Pompier d'Ernestine (Le) d .	2	2	loc.
Autigeon-Dourel	Poste restante 222 d....	4	3	loc.
F. Barbier	Poupée automate (La). ...	1	1	5 »
St-Paul-G. Rose, fils	Pour avoir la fille.	4	3	loc.

AUTEURS	TITRES DES ŒUVRES	Hommes	Femmes	Prix nets
Fay	Pour qui le gosse ?	2	3	loc.
A. Lambert	Première brouille (La) comédie	»	1	1 »
Couturet	Premières amours d	4	1	loc.
F. Barbier	Premières armes de Parny (Les)	1	3	5 »
G.Rosefils-H.Ryvez	Prestige de l'uniforme (Le)	4	2	loc.
Moreau	Professeur de chant (Le)	1	1	3 »
De Ste-Croix	Pygmalion d	1	2	4 »
Garnier-Héros	Queue du Diable (La) d	troupe	»	loc.
Delilia-Héros	Qui va à la Chasse	2	2	loc.
L. Collin	Qui se dispute s'adore	1	1	3 »
Ch. Lecocq	Rajah de Mysore. d	troupe	»	8 »
Villebichot	Réponse du Berger (La)	1	1	4 »
Moche	Retour de Colombine (Le)	2	1	4 »
Jacoutot	Retour de Kerdrec (Le)	2	1	4 »
Meugé	Retour de Margotte (Le)	1	1	4 »
L. Collin	Retour de Musette (Le)	1	1	4 »
Autigeon-Bourel	Revanche de Verluisant (La) d	5	2	loc.
Autigeon-Bourel-Noydel	Revenants (Les) d	3	3	loc.
Marsèle-A. de Lorde	Rêves d'un soir d	1	1	loc.
St-Paul	Revue interdite	4	4	loc
Lhuillier	Risette	»	1	1 »
Ch. Thony	Robes et Manteaux d	5	9	loc.
F. Chaudoir	Roi Claquette (Le) d	3	3	6 »
Desormes	Roland furieux	3	1	5 »
L. Desormes	Romance impossible (La)	2	»	2 »
Busnach	Rosière de Valentino (la) d	2	3	loc.
Michiels	Rosière d'Interlaken (La)	1	1	4 »
Ch. Gabet	Ruy Black (v.) d	-	6	loc.
Claments	Saint-Yvon (La) d	2	2	5 »
Ch. Lecocq	Sauvons la caisse d	1	1	6 »
Matrat-Febvre-Bonnamy	Septième Escouade (La) d	8	7	loc.
Darantière-Bouvet	Sergent Sans-Souci (Le) d	6	6	loc.
R. Planquette	Serment de Mme Grégoire (Le)	1	1	8 »
Lebreton-Soudant	Serment du marin (Le) d	4	2	loc.
Lebreton-Moreau	Signe de Léda (Le) d	8	8	loc.
Ouvier	Simone et Boquillon	2	1	5 »
Lebreton-Duroc	Soir de Noce	4	4	5 »
Mailfait	Soirée bourgeoise	2	2	loc.
Leserre	Soirée d'amateurs ... pochade	5	»	1 »
Lebreton-Moreau	Soldat !	5	5	loc.
Bernard-Gresset	Souffleur par amour d	3	1	loc.
Meyan	Soupirs du cœur	3	2	5 »
Ch. Malo	Souviens-toi de Clémentine	2	1	4 »
Moreau-Darsay	Spiritisme des Familles	4	4	loc.
Tac-Coen	Suzette, Suzanne et Suzon	1	3	loc
Levavasseur	Tante d'Amérique (La)	3	3	loc.
Wachs	Tata chez Toto	2	1	4 »
Lempereur et Primard	Témoin (Le)	3	1	loc.
Lambert-Lebreton	Terre-Neuve d	3	5	loc.
Marc Sonal	Théophile	2	1	loc.
Chassaigne	Toc	2	2	loc.
Hervé	Toinette et son carabinier	2	1	5 »
Bessier-de Gorsse	Tonton d	3	3	6 »
Wachs	Totor et Titine	1	1	loc.
Hubans	Tour de Moulinet (Le) d	2	1	8 »
Cartier	Train des Maris (Le)	2	2	4 »
Moreau-Duroc	Tranquil'hôtel	5	4	4 »
Moreau-Darsay	Trente mille francs par an	2	2	loc.
Lebreton-Moreau	Treize jours d'un Parisien (Les) d	troupe	»	loc.
id.	Treizième spahis (Le) d	troupe	»	loc.
Ch. Gabet	Trésor des Dames	2	1	loc.
Lebreton-Moreau	Trio de troupiers d	7	5	loc.
Lebreton Téramond	Trois Gosses (Les)	4	4	loc.
Bouvet	Trois hercules pour une femme	3	2	loc.
Bessière	Troisième du trois (La)	6	6	loc.
Lebreton-Moreau	Trois Maçons (Les) d	4	2	loc.
Lambert-Lebreton	Truc du Pharmacien (Le)	4	1	loc.
L. David	Tu l'as voulu d	3	1	6 »
Héros-Jost	Tziganie dans les Ménages (La) d	troupe	»	loc.
Javelot	Un amour d'épicier	2	1	4 »
Cardet-Lannoy	Un bon ami	2	1	loc.
D. Fay	Un bon tuyau	9	4	loc.
P. Henrion	Un charcutier dans les fers	1	1	4 »
Chassaigne	Un Coq en jupons	1	1	4 »
Banès	Un do malade	2	1	5 »
Wachs	Un domestique pour rire	1	1	4 »
Moreau-Gramet	Un dragon pour deux	3	2	1 »
G. Laurens	Un futur sur le gril	2	1	4 »
Ch. Malo	Un gendre à poigne	2	2	5 »
H. Levavasseur	Un grand criminel	4	2	loc.
Pericaud	Un hercule qui ne veut pas se rouiller	2	1	4 »
St Paul	Un jour d'audace	4	2	loc.
Cambillard	Un mariage à la force du poignet	1	1	3 »
Ch. Malo	Un mariage au flageolet	1	1	4 »
Dauphin	Un mariage en Chine d	4	1	6 »
F. Bernicat	Un mari à l'essai	1	1	4 »
Pericaud	Un mari en grande vitesse	3	1	4 »
L. Collin	Un mauvais conscrit	2	»	4 »
Blanchard de la Bretesche	Un mois de clou d	3	2	loc.
Chassaigne	Un 1er jour de ménage	1	1	4 »
F. Barbier	Un souper chez Mlle Contat	»	2	5 »
Bernicat	Une aventure de la Clairon	2	2	6 »
Lebreton-Blairat	Une Consultation d	4	3	loc.
Garnier-Vallès	Une Corbeille de Noce	5	3	loc.
E. André	Une drôle de Marquise	2	1	3 »
Claments	Une étoile d'antichambre d	2	1	5 »
Jouhaud	Une femme du quart de monde	2	1	4 »
Villebichot	Une femme qui bégaie d	3	2	6 »
L. Roques	Une femme tombée du Ciel	1	1	5 »
Villebichot	Une fille à trucs	3	1	4 »
Liouville	Une fille en loterie	2	1	4 »
Touzé-Monjardin	Une intrigue chez les Mouchamiel	2	1	loc.
Desormes	Une lune de miel normande	1	1	4 »
L. Collin	Une mariée sans mari	1	1	4 »
Ed. Lhuillier	Une marine à la vapeur	1	1	3 »
Desormes	Une mauvaise connaissance	3	2	5 »
Moreau-Darsay	Une mauvaise nuit	2	2	loc.
Moreau-Dorfeuil	Une nuit de Paris d	troupe	»	loc.
Bouvet-G. H.	Une nuit chez les Grafouillot d	4	3	loc.
Duhem	Une partie à Robinson	2	2	4 »
L. Martin	Une partie de pêche	5	4	loc.
Wachs	Une pleine eau à Chatou	2	1	4 »
Bernicat	Une poule mouillée	1	1	4 »
Lebreton-St-Paul	Une Rosserie	2	2	loc.
De Paniagua	Une sale Histoire d	2	2	loc.
Chassaigne	Une table de café	2	»	4 »
Robillard	Une tempête conjugale	1	1	4 »
Liger-Aubrun	Urticaire (L')	4	1	loc.
R. Planquette	Valet de cœur (Le)	1	1	4 »
J. Walter	Végétariens (Les) d	7	2	loc.
Robillard	Vengeance de Ramolli (La)	2	1	4 »
L. Roques	Vénus infidèle (retour de mars) d	1	2	4 »
Autigeon	Vie de garçon (La) d	6	6	loc.
Lebreton-Moreau	Vierges du chahut (Les) d	5	10	loc.
Desgranges	Vieux Sorcier (Le) d	3	2	loc
Lebreton-St-Paul	Vingt-cinq minutes d'arrêt	2	2	loc.
Burani-Planquette	Vingt-huit jours de Champignolette d	6	4	loc.
Vallès-Talber	Vingt-huit jours de Gorenflot (Les)	7	3	loc.
Ratcée-Bordeaux	Vive la Classe d	6	8	loc.
Normand-Vallès	Vive les Bleus	7	4	loc.
Lebreton-Moreau	Vocation d'Isoline (La)	1	2	5 »
Jacobi	Voilà l'plaisir, mesdames	1	1	4 »
Ch. Hubans	Voiture à vendre d	2	»	4 »
Lebreton-Moreau	Volontaire de 92 (Le) d	7	2	4 »
Tac-Coen	Volontaire et vivandière	1	1	4 »
P.Talbor-Delattre	Volupté des dames (La)	4	3	loc.
Guy-Nory-Marius	Zidore d	6	7	loc.

Livrets d'opérettes et de vaudevilles, net : 1 franc.

Vannes. — Imp. Lafolye. — 4267-1901